चित्रांकन : बेदी
लेखक : विनय प्रभाकर
हवलदार बहादुर और सोने के तस्कर

कमरे में मद्धिम प्रकाश था। बिस्तर पर लेटी हुई युवती गहरी नींद का आनंद ले रही थी।
एक नकाबपोश ने भीतर झांका —
सो रही है। बिस्तर पर लेटते वक्त इसने सोचा भी नहीं होगा कि कल की सुबह देखना इसके भाग्य में नहीं है।

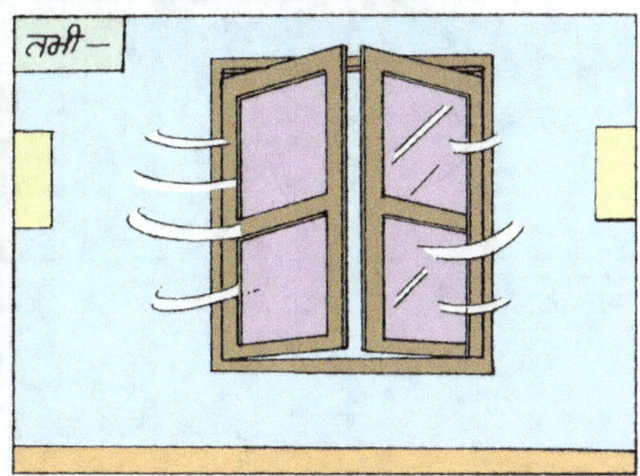

तभी —
वह खिड़की पर चढ़कर भीतर कूद गया।

और जेब से बड़े फल वाला चाकू निकालकर खोला।
एक ही वार में गर्दन अलग कर दूंगा।

मरने के लिए तैयार हो जा।

तभी—
ओह!
धाड़
धड़ाक

युवती चौंककर उठ बैठी और नकाबपोश पर नजर पड़ते ही जोर से चिल्लाई—
आ...ई...ई...!
चुप!

नकाबपोश ने छलांग लगाई।
आह!

और जैसे ही उसने चाकू मारने के लिए हाथ उठाया—
पिट
अरे! यह क्या हुआ?

अगले पल—
अरे! उठकर देखो न, क्या हुआ है टी.वी. को? कितना अच्छा सीन चल रहा था?
पिट

उठो जल्दी।
अरी! मैं उठकर क्या करूंगा लाइट चली गई है। छोड़ मुझे।

अंधे हो गये हो क्या? बल्ब तो जल रहा है। जाकर टी.वी. ठीक करो। अब तक तो उस नकाबपोश ने लड़की को मार डाला होगा।
मार डाला होगा? हवालात में बंद करके सड़ा दूंगा साले को।

चुप। पहले टी.वी. ठीक करो।
अरी ओ अक्ल की दुश्मन! मैं क्या मैकेनिक हूं? टी.वी. को हाथ लगाऊंगा तो मुझे करंट नहीं लगा जाएगा? जा, किसी मैकेनिक को बुला ला।

आग लगो ऐसे टी.वी. को। हर दूसरे दिन मैकेनिक बुलाना पड़ता है। मुझे नहीं रखना अब इस कबाड़ को अपने घर में। इसे उठा कर बाहर फेंक दो और मुझे नया कलर टी.वी. लाकर दो।
क्या? कलर टी.वी. लाकर दूं और इसे फेंक दूं? अरी ओ हथिनी की टांग, अक्ल के नाखून ले ले। पता भी है, कलर टी.वी. कितने का आता है?

चम्पाकली लपककर आगे बढ़ी और—
हाय! मार डाला।
च्याक्

यह हाथ मुझे हथिनी की टांग कहने के लिए था। अब बताओ, कलर टी.वी. कितने का आता है?
द्...दस हजार का। अब तो छोड़ दे।

पहले वादा करो कि कलर टी.वी. लाकर दोगे।
ल...ला... दूंगा भागवान! अब तो छोड़।

उधर पुलिस हेडक्वार्टर में कमिश्नर साहब क्षेत्र के सभी ऑफिसर्स को सूचना दे रहे थे—
चार पेटी सोना पाकिस्तान की सीमा से तस्करी करके लाया गया है। सोना बिस्कुटों की शक्ल में है। मुझे मिली सूचना के अनुसार यह सोना बम्बई ले जाया जाएगा। आज या कल में ही तस्करी का यह सोना हमारे शहर में आने वाला है। यहीं से इसे सड़क मार्ग से या फिर रेल द्वारा बम्बई भेजा जाना है।

फिर तो हमें शहर में आने वाले सभी रास्तों पर चौकसी बढ़ा देनी चाहिए सर!
हां। शहर के प्रवेश मार्गों पर स्थित सभी चेकपोस्ट्स, रेलवे स्टेशन और बस अड्डों पर आप लोग खुद नजर रखिए। हमें वह सोना हर हालत में पकड़ना है।
ओ. के. सर!

अगली सुबह—
ही...ही...ही! क्या मैं...म...मेरा मतलब है, मैं आई. कम इन सर?
दांत बंद करो और सीधी तरह आकर बताओ, क्या काम है मुझसे?
यह दरख्वास्त देनी है साहब! आप इस पर अपना सिफारिशी नोट लगाकर ऊपर भिजवा दीजिए।
दरख्वास्त! क्या लिखवा है इसमें?

ही...ही..ही! हाथ कंगन को आरसी क्या और पढ़े-लिखे को फारसी क्या सरकार? खुद ही पढ़कर देख लीजिए।
ठीक है।

दरख्वास्त पढ़कर खड़गसिंह उछल पड़ा।
क्या? तुम्हें एक लाख रुपया एडवांस चाहिए?
तो इसमें उछलने की क्या बात है लंगूर...म...मेरा मतलब है हुजूर! ही...ही...ही!

शटअप! क्या मतलब है इस मजाक का?
यह मजाक नहीं है साहब! मुझे सचमुच एडवांस चाहिए। आजकल कहीं से कुछ मांगने जाओ तो मुख्य डिमांड का दसवां हिस्सा ही मिलता है। मुझे दस हजार की जरूरत है, इसीलिए एक लाख मांगे हैं, मगर आप लाल-पीले क्यों हो रहे हैं, क्या यह रकम आपकी जेब से जाएगा?

बकवास बंद करो, अगर एडवांस चाहिए तो ठीक से दरख्वास्त लिखकर लाओ, मैं उसे ऊपर भेज दूंगा।
ठीक है माई-बाप! अभी लिखकर लाता हूं।

ठहरो! दरख्वास्त कल घर से लिखकर लाना। इस वक्त तुम मेरे साथ चलो। एक चेकपोस्ट पर चेकिंग के लिए जाना है।
चेकिंग! वेरी गुड! चलिए, मैं तैयार हूं।

कुछ देर बाद वह शहर से बाहर एक चेकपोस्ट पर खड़े थे।
तस्कर कार या किसी ट्रक में सोने की पेटियां छुपाकर बाहर ले जाने की कोशिश करेंगे। हमें यहां से गुजरने वाले हर वाहन की तलाशी लेनी है।
POLICE CHECK POST
ठीक है सर!

सर! आप बिल्कुल चिंता न कीजिए। मेरे होते यहां से कोई तस्कर सोना नहीं ले जा सकता। एक-एक को पकड़कर हवालात में सड़ा दूंगा।
तुम बकवास कम और काम ज्यादा किया करो। समझे।
समझ गया साहब!
POST

फिर वे वहां से गुजरने वाले वाहनों की तलाशी लेने में जुट गये।
इसमें कुछ नहीं है साहब!
कृपया चैकिंग के लिए ठहरें

कुछ देर बाद –
हवलदार बहादुर! मैं जरा राउंड लगाकर आता हूं। तुम यहां संभालना। कोई भी वाहन बिना चेकिंग के पास नहीं होना चाहिए।
फिक्र नॉट सर! वाहन तो क्या, मैं किसी परिन्दे को भी चेक किए बिना नहीं जाने दूंगा।

आदेश देकर इंस्पेक्टर खड़्वासिंह चला गया। उसके जाने के थोड़ी देर बाद एक ट्रक चेकपोस्ट पर पहुंचा –
ठहरो। रुक जाओ।

क्या बात है हवलदार जी?
बात करने का टाइम नहीं है हमारे पास। तलाशी लेनी है ट्रक की।
तलाशी! मगर हमारा ट्रक तो खाली है। हम माल छोड़कर आ रहे हैं।
तलाशी फिर भी ली जाएगी। सिपाहियो, तुम अपना काम शुरू करो।
दोनों सिपाही ट्रक में घुस गए और हवलदार बहादुर ने ट्रक के चारों ओर एक चक्कर लगाया था। तभी उसकी नजर टूटी हुई हैडलाइट पर पड़ी।
ओय! तुम्हारी गाड़ी में तो लाइट ही नहीं है।
टूट गई हवलदार जी! आज ही ठीक करा लेंगे।
मगर तुम बगैर हैडलाइट का ट्रक सड़क पर लाए कैसे? तुम्हारा चालान किया जाएगा।
दिन के समय लाइट की क्या जरूरत है हवलदार जी? कह तो रहा हूं, अभी ठीक करा लूंगा।
वह व्यक्ति झल्लाए हुए स्वर में बोला था।
अबे ओय, पुलिस को ताव दिखाता है! हवालात में बंद करके सड़ा दूंगा साले।
माइंड योर टंग हवलदार! मैं कोई मामूली ड्राइवर नहीं हूं। उस ट्रांसपोर्ट कम्पनी का मालिक हूं, जिसका यह ट्रक है। मुझे अपनी गाड़ी का तुमसे ज्यादा ख्याल है, इसीलिए खुद ट्रक के साथ चलता हूं।
अभी तू मेरे साथ थाने भी चलेगा, क्योंकि तूने हवलदार को अंग्रेजी में गाली दी है। ट्रक का चालान अब थाने चलकर होगा और तू हवालात में बैठकर अपनी गाड़ी का ख्याल रखियो।
उफ! क्या मुसीबत है?

तभी दोनों सिपाही तलाशी लेकर वापस आ गए।
ट्रक में कुछ नहीं है हवलदार जी!
मगर यह आदमी बड़ा बदतमीज है। तुम दोनों यहां का काम संभालो, मैं इसकी गाड़ी और इसे थाने लेकर जा रहा हूं।

और हवलदार बहादुर उस आदमी के साथ ट्रक में सवार हो गए। अब वह व्यक्ति कुछ घबरा गया।
आप बेकार ही नाराज़ हो रहे हैं हवलदार जी! अगर मुझसे कोई गलती हुई है तो क्षमा कर दीजिए। मैं काम-धंधे वाला आदमी हूं। थाने-पुलिस के चक्कर में बहुत समय नष्ट हो जाएगा।
चुप। ओय, तू ट्रक चला। मुंह क्या देख रहा है?

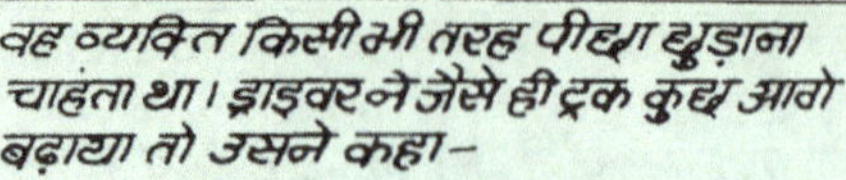
वह व्यक्ति किसी भी तरह पीछा छुड़ाना चाहता था। ड्राइवर ने जैसे ही ट्रक कुछ आगे बढ़ाया तो उसने कहा –

कुछ ले-देकर फैसला कर लो हवलदार जी।
क्या देगा?
STOP FOR

जो भी ज़रूरत है, ले लो।
ज़रूरत तो मुझे दस हज़ार की है।
हवलदार ने ऐसे ही कह दिया था, क्योंकि रिश्वत तो उसने कभी ली नहीं थी।

दस हज़ार?
क्यों, निकल गई हवा? दस हज़ार से कम में नहीं छोड़ूंगा बेटा! तूने मुझे अंग्रेजी में गाली दी है।

इस भ्रष्ट पुलिसमैन को मज़ा चखवाना होगा। साला बहुत अकड़ रहा है।
ठीक है। मैं दस हज़ार देने के लिए तैयार हूं, लेकिन इस वक्त मेरे पास रुपये नहीं है। मैं रोज़ इसी टाइम चेकपोस्ट से गुज़रता हूं। कल तुम्हारे लिए रुपये ले आऊंगा।

यह पहला मौका था, जब हवलदार की नीयत खराब हो गई।
यह तो दस हजार देने को राजी हो गया। इतनी रकम में चम्पाकली के लिए कलर टी.वी. खरीदा जा सकता है। दूसरे पुलिस वाले भी तो रिश्वत लेते हैं। मैं ले लूंगा तो क्या फर्क पड़ेगा?
तुम सच कह रहे हो? कल रुपये लाओगे?
जरूर लाऊंगा। तुम चाहो तो गारंटी के लिए मेरा लाइसेंस अपने पास रख सकते हो।

लाइसेंस रखने की जरूरत नहीं है। जब तुम रोज चेकपोस्ट से गुजरते हो तो बचकर कहां जाओगे? सुनो, पांच-पांच सौ के नोट लेकर आना। छोटे नोट नहीं चलेंगे।
ठीक है।

हवलदार बहादुर ट्रक रुकवाकर नीचे उतरे।
मैंने तुम्हारी गाड़ी का नम्बर नोट कर लिया है। मुझे धोखा देने की कोशिश न करना।
बेफिक्र रहो हवलदार जी! कल इसी समय मैं रुपये लेकर जरूर आऊंगा।

चेकपोस्ट की ओर वापस जाते हुए हवलदार बहादुर बहुत खुश थे।
कलर टी.वी. का इंतजाम इतनी जल्दी हो जाएगा, मैंने तो सोचा भी नहीं था। अपनी चम्पाकली तो खुश हो जाएगी। ही...ही...ही!

शहर पहुंचकर ट्रक वाला सीधा एंटीकरप्शन डिपार्टमेंट पहुंचा और एक अधिकारी को सारी बात बताई।
आप उस हवलदार को तुरंत गिरफ्तार कर लीजिए सर!
इसीलिए तो हम यहां बैठे हैं जनाब, लेकिन बिना सबूत के हम उस पर हाथ नहीं डाल सकते।

मैं शिकायत कर रहा हूं, क्या यह सबूत नहीं है?
जी नहीं। उसके विरुद्ध पक्के सबूत के लिए हमें एक नाटक करना होगा। आप दस हजार रुपये, जो कि पांच-पांच सौ के नोटों की सूरत में होंगे, उसे देंगे और हम रंगे हाथों उसे पकड़ेंगे।

उधर अगली सुबह भी जब इंस्पेक्टर खड्गासिंह हवलदार बहादुर को अपने साथ उसी चेकपोस्ट पर ले गया तो हवलदार बहादुर थोड़े खुश भी थे और थोड़ा घबरा भी रहे थे।
खड्गासिंह के सामने रुपये कैसे वसूल करूंगा? काश! आज भी यह राउंड पर चला जाए।

कुछ ही देर बाद दूर से एक ट्रक आता दिखाई दिया।
हवलदार! एक ट्रक आ रहा है।
कहीं वही न हो? खड्गासिंह के सामने रुपये दे दिये तो...?

लेकिन यह वह ट्रक नहीं था। "गरीब ट्रांसपोर्ट" नामक किसी कम्पनी का यह ट्रक बैरियर के निकट आकर रुक गया।
सिपाहियो ! तलाशी लो।

सिपाही तलाशी लेने में व्यस्त हो गए। खड्गसिंह बैरियर से टेक लगाए खड़ा था।
तुम यहां क्यों खड़े हो ? ट्रक के पीछे जाकर देखो।
अच्छा साहब !

हवलदार पीछे पहुंचे तो दोनों सिपाही ट्रक से उतर रहे थे।
कुछ नहीं है हवलदार जी !
ठीक है। जाकर साहब को बता दो।
तभी—
घर्र... घर्र...
मर गए। यह तो वही है।

सलाम हवलदार जी। आपकी चीज ले आया हूं।
श्री... चुप !
गरीब ट्रांसपोर्ट
ट्रकवाला नीचे उतरा और जेब से एक लिफाफा निकालकर हवलदार की ओर बढ़ा दिया।
लो हवलदार जी !
स...सुनो तो ...।

मगर लिफाफा पकड़ाने के बाद वह तुरंत ही घूमकर अपने ट्रक की ओर चला गया। हवलदार बहादुर लिफाफा हाथ में लिए परेशान से खड़े रह गये।
कहां रखूं इसे? अगर खड़गसिंह ने देख लिया तो मुश्किल आ जायगी।

तभी—
आटो!

अब हवलदार बहादुर इतने मूर्ख भी नहीं थे कि स्थिति को न समझते। इस तरह के थापों में वह खुद कई बार स्मगलरप्शान वालों के साथ रह चुके थे। घबराहट में उनकी समझ में और कुछ तो नहीं आया, बस उन्होंने आगे खड़े ट्रक की नम्बर प्लेट के पीछे नोटों का लिफाफा ठूंस दिया।

ठीक उसी वक्त अगले ट्रक को पास करने के लिए बैरियर उठाया गया था।

और वह ट्रक तेजी से रवाना हो गया।
गरीब ट्रांसपोर्ट रुम. बी. डी. 1417.
MBD 1417
किसी ने भी हवलदार को लिफाफा छुपाते नहीं देखा था।

तभी—
अरे-अरे! क्या करते हो भाई?
हमें तुम्हारी तलाशी लेनी है।

यह दृश्य देखकर खड़गसिंह जल्दी से निकट आया।
क्या बात है ?
इंस्पेक्टर! माई नेम इज़ गौरीशंकर! आई एम फ्रॉम एंटीकरप्शन डिपार्टमेंट। आपके इस हवलदार पर रिश्वत लेने का आरोप है।
रिश्वत! यह आप क्या कह रहे हैं? हवलदार बहादुर कभी ऐसा नहीं कर सकता।
इसने किया है साहब! मैंने अभी इसे एक लिफाफा दिया है, जिसमें पूरे दस हज़ार रुपये हैं।
यह झूठ बोल रहा है साहब! मेरे पास कोई लिफाफा नहीं है। मुझे छोड़ दो।
पहले तुम्हारी तलाशी ली जाएगी।
उस अधिकारी ने खुद हवलदार बहादुर की तलाशी ली।
इसके पास तो लिफाफा नहीं है।
अच्छी तरह देखिए साहब! मैंने अपने हाथों से इसे लिफाफा दिया है।
अगर लिफाफा होता तो मिलता।
कमाल हो गया! तुम कहते हो लिफाफा इसे दिया है, मगर इसके पास तो कुछ नहीं है। फिर लिफाफा कहां गया?
इस आदमी ने मुझ पर झूठा आरोप लगाया है सर!
हमारा हवलदार ठीक कह रहा है मिस्टर गौरीशंकर! यह आदमी झूठा है। हवलदार की तलाशी लेने के बाद यह बात साबित हो चुकी है।
मैं झूठ क्यों बोलूंगा साहब? मुझे क्या शौक था अपने दस हज़ार गंवाने का? पता नहीं मेरा रुपया कहां गया?

इसकी बात भी ठीक है इंस्पेक्टर! भला यह अकारण हवलदार पर आरोप क्यों लगाएगा? कोई बात तो ज़रूर है।
क्यों हवलदार बहादुर? क्या सचमुच कोई बात है?

बात इतनी-सी है साहब कि कल भी यह बंदा अपना ट्रक लेकर यहां से गुज़रा था। ट्रक की हैडलाइट टूटी हुई थी। मैंने इसे टोका तो यह बदतमीज़ी पर उतर आया। मुझे गुस्सा आ गया और मैंने दो झापड़ रसीद करके इसे भगा दिया। शायद यह उसी का बदला लेने के लिए मुझे फंसाना चाहता है।

क्यों भई? यह हवलदार क्या कह रहा है?
झूठ बोल रहा है साहब!
मिस्टर गौरीशंकर! हम यहां ड्यूटी दे रहे हैं। आपने जिस बात के लिए छापा मारा था, वह बात साबित नहीं हुई है। हमें आपसे कोई शिकायत नहीं है, लेकिन प्लीज़, अब इस व्यक्ति को लेकर यहां से चले जाइए।

रूद्रगालिंह का मूड बिगड़ते देख उन लोगों ने चले जाने में ही भलाई समझी थी, क्योंकि उनका केस काफी कमज़ोर हो चुका था।
ही...ही...ही! झूठ बोल रहे थे साले।
चुप रहो। तुम्हें क्या ज़रूरत थी उस आदमी को पीटने की?

मुसीबत टल जाने से हवलदार बहुत खुश थे।
अब तो कोई खतरा ही नहीं है। शाम को ड्यूटी के बाद गरीब ट्रांसपोर्ट पर जाऊंगा। उस ट्रक से लिफाफा निकालूंगा और बाजार जाकर कलर टी.वी. खरीदूंगा। चम्पाकली को हैरान कर दूंगा आज।
हा... हा... ही... ही...!
सोच में डूबे हुए हवलदार बहादुर खिलखिलाकर हस पड़े।
क्या पागल हो गए हो? इस तरह हंसने का क्या मतलब है?
म... माफ करना साहब! ऐसे ही आ गई थी हंसी। ही... ही... ही...!
खड़गसिंह क्रोध में कुछ कहने ही वाला था कि तभी एक कार आकर रुकी।
कार की अच्छी तरह तलाशी लेना हवलदार!
अभी लेता हूं जी!
हवलदार ने पहले कार के अंदर झांककर देखा।
ओय! कोई सोना-वोना तो नहीं है तुम्हारे पास?
नहीं जी।
अभी पता लग जाएगा। एक बंदा नीचे आकर डिक्की खोलो।
जो युवक नीचे उतरा था, वह ढीला-ढाला कोट पहने हुए था। हवलदार बहादुर के साथ पीछे जाकर उसने डिक्की खोली—
इन पेटियों में क्या है?
सोना।

क्याsss?
आवाज नीची रखो हवलदार! मेरे कोट की जेब में हैंडग्रेनेड है, अगर तुमने अपने साथियों को इधर बुलाया तो मैं बम फोड़ दूंगा। हम तो मरेंगे ही, मगर तुम भी नहीं बचोगे।

ब...बम फोड़ दोगे?
हां। तुम शोर मचाकर देखो।
न...नहीं मचाऊंगा। तुम चाहते क्या हो?
अपने अफसर से कह दो कि गाड़ी में कुछ नहीं है और हमारे यहां से रवाना होने पर भी अगर तुमने शोर मचाया तो मैं गाड़ी से बम सीधा तुम्हीं पर फेंकूंगा। परखचे उड़ जायेंगे तुम्हारे।

हवलदार की हालत खराब हो चुकी थी। युवक के आदेशानुसार उन्होंने डिक्की बंद कर दी और बैरियर की ओर संकेत किया।
कुछ नहीं है साहब!
जाने दो।

युवक जल्दी से कार में जा बैठा।
मेरी बात याद रखना हवलदार!
आं... हुं... हुं।
कार तेजी से रवाना हो गई।
हवलदार की हालत देखकर खड़गसिंह उसके निकट आया!
रे भाई! क्या हुआ तुझे? मुंह बंद कर ले, वरना कोई मक्खी घुस जाएगी।
बम।
क्याऽऽऽ? कहां है बम?
वह कार अब नजरों से ओझल हो चुकी थी।
पूरी बात सुनकर खड़गसिंह मारे क्रोध के झुंझला उठा।
कोट की जेब में पुरखचे उड़ा देगा साला। बू... हू... हू...!
क्या बक रहे हो तुम? किस बम की बात कर रहे हो?
ई...ई... ई! यू इडियट ...फूल... गधे... तुमने उन तस्करो को निकल जाने दिया?
अगर रोकता तो वह आपको भी बम से उड़ा देते साहब!
अब हवलदार ने उसे पूरी बात बताई।

बकवास बंद करो। तुम मुझे इशारा कर सकते थे। मेरी तरफ देखकर आंख मार सकते थे।
ही...,ही...,ही! क्या कह रहे हैं हुज़ूर ? मैं आपको आंख मारता..., तोबा... तोबा...।
तुमसे तो मैं वापस आकर निपटूंगा। नौकरी से न निकलवा दिया तो मेरा नाम खड़गसिंह नहीं।
दोनों सिपाहियों को साथ लेकर खड़गसिंह उस कार के पीछे रवाना हो गया।
शहर की ओर जाते हुए खड़गसिंह ने वायरलेस पर उस कार के विषय में संदेश भी प्रसारित कर दिया।
गुलाबी फिएट कार है। उसमें चार युवक बैठे हैं, जो तस्करी का सोना लेकर शहर में घुसे हैं।
संदेश मिलते ही पुलिस की गाड़ियां गुलाबी फिएट कार की तलाश में दौड़ पड़ी थीं।
पीं...पीं... पीं...
पीं... पीं...
पीं...पीं...पीं...

मगर वह बदमाश पकड़े नहीं जा सके। कमिश्नर को रिपोर्ट देते हुए खड़गसिंह ने हवलदार बहादुर की शिकायत भी कर दी थी और कमिश्नर के सामने हवलदार की पेशी हो गई।
हवलदार बहादुर! तुम्हारे कारण वह तस्कर पुलिस के हाथों से बच निकले। तुमने पुलिस डिपार्टमेंट की नाक कटवा दी है।
गलती हो गई हुजूर! सवार उनके पास बम था।
बम फोड़ना आसान नहीं होता मूर्ख! क्या बदमाशों को अपनी जान की चिंता नहीं थी? वह तुम्हें डरा रहा था। तुम्हें अपने अफसर को सूचना देनी चाहिए थी।
आगे से जरूर दे दूंगा सर! अब तो माफ कर दीजिए।
माफी की गुंजाइश नहीं है। फिलहाल तो मैं तस्करों को पकड़ने में व्यस्त हूं। इस केस के बाद सोचा जाएगा कि तुम्हें डिसमिस कर दिया जाए या नहीं? अब जाओ।
उ... ठीक है हुजूर!
कमिश्नर के दफ्तर से निकलने के बाद हवलदार बहादुर गरीब ट्रांसपोर्ट कम्पनी की तलाश में निकल पड़े।
ऐसी गलती तो कई बार हो चुकी है। कमिश्नर साहब बहुत अच्छे आदमी हैं, वह मुझे जरूर माफ कर देंगे। फिलहाल तो मुझे उन दस हजार की चिंता है।

एक खाली रिक्शा देखकर वह उसमें बैठ गये।
रिक्शा खाली नहीं है साहब!
हवालात में बंद करके सड़ा दूंगा साले। मुझे अंधा समझता है। सीधी तरह रूपनगर चल।

रिक्शा वाले ने मन ही मन दस-बीस गालियां ठोंकी और रिक्शा आगे बढ़ा दिया।
रूपनगर में कहां जाओगे हवलदार?
गरीब ट्रांसपोर्ट कम्पनी जाना है। रूपनगर पहुंचकर ढूंढ लेंगे।

गरीब ट्रांसपोर्ट काफी बड़ी कम्पनी थी, सो उन्हें ढूंढने में कोई खास दिक्कत नहीं हुई।
गरीब ट्रांसपोर्ट कं.
किराया लेगा क्या?
अगर दे दोगे तो मेरी नजर में पुलिस वालों का सम्मान बढ़ जाएगा साहब।

हवलदार ने दो रुपये का नोट उसके हाथ में पकड़ाया था, जबकि वहां तक का किराया दस रुपये से कम नहीं बनता था।
ले पकड़। ठीक है न?
हां जी! आपको याद रखने के लिए ठीक है।
साला, उल्लू का पट्ठा।
तो जा, रख ले और पीठ पीछे गालियां देने का इरादा हो तो इतना सुन ले कि मैंने तुझे उसी हिसाब से किराया दिया है, जिस हिसाब से सरकार हमें वेतन देती है, इसलिए गालियां दोगे तो वह सीधी सरकार के खाते में जाएंगी और मैं सरकार को बुरा-भला कहने वाले को माफ नहीं किया करता। समझ गये?
समझ गया साहब!

ट्रांसपोर्ट के दफ्तर में जाने की बजाय हवलदार पार्किंग में खड़े ट्रकों के निकट पहुंचे।
क्या नम्बर था? हां, एम. बी. डी. ।५।१७

लेकिन वहां खड़े ट्रकों में उस नम्बर का ट्रक नहीं था।
अब क्या करूं?
आंय! यह पुलिसिया यहां क्यों आया है?
ट्रांसपोर्ट के कर्मचारी ने उन्हें ट्रकों की ताक-झांक करते देखा...

...और दौड़कर दफ्तर में पहुंच गया।
साहब! बाहर एक हवलदार घूम रहा है और हमारे ट्रकों में कुछ तलाश भी कर रहा है।
हवलदार क्यों आया है? जा, उसे यहां बुला ला।
कर्मचारी वापस पहुंचा।
नमस्ते हवलदार जी!
क...कौन है?

हा...हा...हा! आप तो डर गए।
अबे ओ, मुंह बंद कर ले, वरना यह डंडा मुंह में घुसेड़कर दूसरी तरफ से बाहर निकाल दूंगा। पीछे से नमस्ते क्यों की? गुर्र...गुर्र...!
गलती हो गई हुजूर! अब आगे से करता हूं। चालिए, आपको मैनेजर साहब ने बुलाया है।
मैनेजर ने? अच्छा चल, उसे भी देख लेता हूं।

कुछ ही पल बाद -
आइए-आइए हवलदारजी! हमारे धन्यभाग जो आपके चरण यहां पड़े।
ठीक है- ठीक है। ज्यादा मस्का लगाने की जरूरत नहीं है।
ही... ही... ही! कैसी बात करते हैं सरकार? हम तो आपको सम्मान दे रहे हैं! तशरीफ रखिए...
...जा भाई, स्पेशल चाय लेकर आ हवलदार साहब के लिए।
अभी लाया जी!
हां, तो अब बताइए कैसे तकलीफ की आपने?
तुम्हारे ट्रकों का चालान करने आया हूं, मैं।
आंय... क्यों जी?
मुझे शिकायत मिली है कि तुमने अपनी गाड़ियों पर अश्लील वाक्य और शेर लिखवा रखे हैं, जिन्हें पढ़कर शरीफ आदमियों को शर्म आती है।
कैसी बात कर रहे हैं हुजूर? हमारे ट्रकों पर ऐसी कोई बात नहीं लिखी जाती। बाहर बहुत से ट्रक खड़े हैं, आप खुद देख लीजिए।
उन्हें तो मैं देख चुका हूं, मगर यह शिकायत तुम्हारी कंपनी के एक विशेष ट्रक के विषय में है। उसका नम्बर शायद एम.बी.डी. 1417 है।

हां जी! इस नम्बर का हमारा एक ट्रक है।
कहां है वह? मैं उसी को चेक करने आया हूं!
वह तो कुछ देर पहले ही माल छोड़ने गया है। अब तो कल दोपहर को वापस आयगा।
तो ठीक है। मैं कल उसे चेक करने आऊंगा।
चाय तो पीते जाइए सरकार! ही...ही...ही!
हवलदार ने जल्दी से चाय सुड़की और वापस चल दिये।
शाम को जब घर पहुंचे।
कलर टी. वी. कहां है?
ट्रक में घूम रहा है। ही...ही...ही!
क्या मतलब? सीधी तरह बात करो, वरना...।
प्यारी चम्पो! जरा यह तो सोच, सारे दिन का थका-हारा आया हूं और तू है कि पटखनी देने को तैयार है। तेरे कलर टी. वी. का प्रबंध मैंने कर दिया है। पहले खाना खिला दे, फिर बताता हूं कि टी. वी. कहां है?
कलर टी. वी. आ रहा है, यह जानकर चम्पाकली ने बड़े प्यार से उनके सामने खाना परोसा था। खाना खाते हुए हवलदार ने उसे दस हजार रुपयों के विषय में विस्तार से बताया।
कल दोपहर तक की बात है प्यारी! उस ट्रक से रुपये निकालते ही तेरे लिए टी. वी. ले आऊंगा।

अचानक ही चम्पाकली के तेवर बदल गए।
इधर लाओ खाना।
अरे-अरे! ये क्या कर रही हो?
तुम्हें शर्म नहीं आई रिश्वत लेते हुए! हराम की कमाई से टी.वी. लाकर दोगे मुझे। जी चाहता है, बेलन लाकर खोपड़ी तोड़ दूं तुम्हारी।
तेरा हिसाब भी निराला है चम्पा! टी.वी. न लाता तो वाला घोंट देती और अबला रहा हूं तो खोपड़ी फोड़ रही है।

मुझे पाप की कमाई की कोई भी चीज अपने घर में नहीं चाहिए। समझे! और जरा यह तो सोचो, अगर रिश्वत लेते पकड़े जाते तो क्या होता? देखो जी, गुस्सा करने की तो मेरी आदत है, लेकिन इसका मतलब यह तो नहीं कि मेरे गुस्से से डरकर तुम पाप करने लगो। वह रुपये ट्रक से निकालकर उसके मालिक को वापस कर आना। हम अपना पुराना टी.वी. ही ठीक करा लेंगे।

तेरी बात सुनकर बड़ी खुशी हुई प्राण प्यारी! रुपया मांगने के बाद मैं खुद भी अपने आपसे लज्जित था, लेकिन अब वह रुपया उसके मालिक को वापस करने गया तो पकड़ा जाऊंगा।
तो ठीक है। तुम रुपये ट्रक से निकाल लाना। हम वह रुपया गरीब जरूरतमंदों में बांट देंगे।
आज तो तू मुझे मोटी भैंस नहीं, बल्कि कोई देवी लग रही है। मुझे नहीं पता था कि तेरा दिल इतना साफ और अच्छा है।
अच्छा, अब चुप करके रोटी खालो। दोबारा मुझे भैंस कहा तो सिर फोड़ दूंगी।

सुबह को हवलदार एक फैसला करके घर से निकले थे—
चंपाकली को कलर टी. वी., लाकर देना है। आजकल तो टी. वी. किश्तों पर भी मिल जाते हैं। मेरे पास दो हज़ार रुपये हैं। यही जमा कराके टी. वी. ले आऊंगा।

रास्ते में वह टी. वी. की एक दुकान में घुसगए।
भाई! मुझे एक कलर टी. वी. चाहिए।
बैठिए।

मैं पुलिस हवलदार हूं।
तो दो कुर्सियों पर बैठिए। ही...ही... ही...!

अबे ओय, मज़ाक करता है। दुकान बंद करा दूंगा साले। हवालात में बंद करके सड़ा दूंगा।
आप बेकार ही नाराज़ हो रहे हैं। जरा-सी हंसी-मज़ाक करलेने में कोई बुराई नहीं होती जनाब! बताइए, कौन-सा टी. वी. चाहिए?

टी. वी. पसंद करके उसका मोल-भाव करने के बाद हवलदार बहादुर बोले—
मैं शाम को आकर दो हज़ार रुपये देकर टी. वी. ले जाऊंगा और बाकी की रकम छह किस्तों में अदा कर दूंगा।
ठीक है जी!

हवलदार दुकान से बाहर निकले। तभी तड़का सिंह अपनी जीप में वहां से गुज़रा।
ऐ हवलदार! यहां क्यों घूम रहे हो?
घूम नहीं रहा साहब! कलर टी. वी. खरीदने आया था और अब अपनी ड्यूटी पर जा रहा हूं।
कहकर हवलदार बहादुर आगे बढ़ चले।

पागल है साला, मगर इसके पास कलर टी. वी. खरीदने के लिए रुपये कहां से आए? कल तो यह दस हजार एडवांस मांग रहा था। अरे! कल ही इसके साथ दस हजार की रिश्वत का हंगामा भी हुआ था। ओह गॉड! कहीं इसने सचमुच रिश्वत तो नहीं ली है और अब उस रकम का टी. वी. खरीद रहा है। जरूर कुछ गड़बड़ है। इस पर नजर रखनी होगी।

फिट खड्गसिंह ने जीप हवलदार के निकट जाकर रोकी।

मैं भी थाने ही जा रहा हूं। आओ, जीप में बैठ जाओ।

नहीं साहब! मैं अभी ड्यूटी पर नहीं हूं, इसलिए सरकारी वाहन का इस्तेमाल नहीं कर सकता।

हरिश्चन्द्र बनने की कोशिश न करो हवलदार! आ जाओ चुपचाप।

ही... ही... ही! आप कहते हैं तो आ जाता हूं।

रास्ते में खड्गसिंह ने अचानक ही पूछा था—

कलर टी. वी. खरीदने के लिए रुपये कहां से आए तुम्हारे पास?

अपने पास रुपयों की कमी थोड़े ही है साहब! बैंक में अपना बहुत पैसा जमा है। दोपहर को जाकर निकालूंगा और शाम को टी. वी. खरीदकर घर ले जाऊंगा।

खड्गसिंह पर रोब डालने के लिए ही हवलदार ने अकड़कर ऐसा कहा था।

मगर हवलदार की बात खड्गसिंह के गले से नहीं उतरी थी। दोपहर को जब हवलदार कुछ देर की ड्यूटी लेकर थाने से निकले तो खड्गसिंह भी उसके पीछे निकल आया।

देखना है, यह कौन से बैंक से रुपये निकालता है?

हवलदार एक ऑटोरिक्शा में बैठकर रवाना हो गए। इंस्पेक्टर खड्गासिंह अपनी पुलिस जीप में उसका पीछाकर रहा था।
कुछ देर बाद हवलदार का आटोरिक्शा गरीब ट्रांसपोर्ट कम्पनी के सामने रुका।
आखिर यह ट्रांसपोर्ट कम्पनी में क्यों जा रहा है?
खड्गासिंह ने अपनी जीप दूर ही रोक ली थी।
हवलदार बहादुर ने पहले पार्किंग में खड़े ट्रकों को देखा।
वह ट्रंक तो आज भी यहां नहीं है!
आ गए हवलदार जी? ही... ही... ही...!
मैं तो आ गया, मगर वह ट्रक कहां है?
कौन-सा ट्रक जी? ही... ही... ही...!
टकोता है तू। मैं मैनेजर से ही बात करता हूं जाकर। तू ही-ही करता रह।
मैनेजर साहब व्यस्त हैं साहब! एक पार्टी बम्बई के लिए अपना माल बुक कराने आई हुई है! ही... ही... ही...!
...और सीधे दफ्तर में पहुंचे।
ओय मैनेजर! अरे... यह तो वही है।
लेकिन हवलदार बहादुर ने कर्मचारी की बात पर कोई ध्यान नहीं दिया...

ओह! यह हवलदार यहां कैसे पहुंच गया?
अरे! यह क्या हो रहा है? आपने पिस्तौल क्यों निकाला?

चुप बे, वरना गोली मार दूंगा।
इस हवलदार को कैसे पता चला कि हम इस ट्रांसपोर्ट से माल भेज रहे हैं?

पिस्तौल देख कर हवलदार की हालत खराब हो गई थी।
म...मुझे कुछ नहीं पता भाई! मैं तो बस ऐसे ही आ गया था।
यह बहुत चालाक बंदा है। तभी तो इसने हमें ढूंढ निकाला है। अब क्या करें?
अब यहां से माल नहीं भेज सकते। पहले इसे काबू में करो, बाद में कोई दूसरी तरकीब सोचेंगे।
ठीक है। मैं इसे संभालता हूं।

पिस्तौल वाला आगे बढ़ा और —
धाड़
आह!

मैनेजर ने शोर मचाना चाहा तो दूसरे बदमाश ने मेज पर से पेपरवेट उठाकर उसके सिर पर खींच मारा।
आ...ई...ई...!
ठाक

इस हवलदार को उठाकर ले चलो। इसने हमें अच्छी तरह पहचान लिया है। इसे रास्ते में गोली मार कर किसी गटर में फेंक देंगे।
ठीक है।

हवलदार को उठाकर वे जैसे ही बाहर निकले—
अरे! यह तो अपना हवलदार है। वह लोग उसे कहां ले जा रहे हैं?

कार जैसे ही रवाना हुई खड़गसिंह ने जीप स्टार्ट कर दी।
हवलदार बेहोश था। इसका मतलब उन लोगों ने उसका अपहरण किया है। लेकिन क्यों?

कार पर नजर रखते हुए खड़गसिंह ने वायरलेस पर संदेश प्रसारित किया।
आल पुलिस पेट्रोल पार्टी, गुलाबी कार, नम्बर R.N.A 2430, पार्क रोड से सेंटर मार्केट की ओर जा रही है। उसे तुरंत रोका जाय।

मैसेज मिलते ही पुलिस की गाड़ियां तुरंत हरकत में आ गईं।
पीं...पीं...
पीं

और एक चौराहे पर कार को घेर लिया गया। बदमाशों के लिए भागने का मार्ग नहीं बचा था, इसीलिए उन्होंने हथियार डाल दिए।
हैंड्स अप!

खड़गसिंह जब हवलदार बहादुर को बाहर निकालने के लिए कार में घुसा —
अरे! यह पेटियां कैसी हैं?

और जैसे ही उसने एक पेटी खोली —
सोना।
ओह! तो यह बात थी। हवलदार इन तस्करों को पकड़ने निकला था, मगर बदमाशों ने उसे ही काबू में कर लिया।

तब तक हवलदार बहादुर को भी होश आ चुका था।
स...सर, आप?
तुम भी कमाल करते हो हवलदार! इन खतरनाक तस्करों को पकड़ने अकेले ही निकल पड़े। कम से कम मुझे तो बताया होता, मगर तुम्हें यह कैसे पता चला कि यह लोग गरीब ट्रांसपोर्ट के दफ्तर में हैं?

हवलदार बहादुर की समझ में यह तो नहीं आया कि पुलिस उनको ढूंढने कैसे पहुंच गई? लेकिन इतना वह समझ गए थे कि बदमाशों को ढूंढ निकालने का श्रेय उनको ही दिया जा रहा है। अतः वह तुरंत ही अकड़ गए!
इन बदमाशों को मैं अकेले ही पकड़कर अपनी चेकपोस्ट वाली गलती सुधारना चाहता था साहब!
तुमने सचमुच अपनी वाली सुधार ली है। शाबाश! हवलदार बहादुर!

कमिश्नर साहब ने भी अपने दफ्तर में बुलाकर हवलदार को शाबाशी दी —
इस काम के लिए तुम्हें इनाम दिया जाएगा हवलदार।
तो फिर मुझे इनाम में एक कलर टी.वी. दिला दीजिए साहब! यह सब उसी की बदौलत हुआ है।
ओ.के.! ओ.के.!
फिर उसी शाम हवलदार ने ट्रक से वह रुपये निकालकर गरीबों में बांट दिए थे।
समाप्त

आगामी अंक में हवलदार बहादुर का एक और सनसनी खेज हंगामा
हवलदार बहादुर
और
नवाब का घोड़ा

चम्पाकली को एक दिन अपने आंगन में एक बच्चा मिला। वह उसे भीतर ले आई—

क्यों पाठको, पहचाना कौन हैं चम्पाकली की गोद में? अगर नहीं, तो हम बताते हैं। यह हैं आपके प्रिय हवलदार बहादुर। क्यों, हो गए न हैरान? कैसे हुआ यह? जानने के लिए पढ़ें 'कीप साइलेंस' का उल्लंघन करता और हास्य की सभी सीमाओं को तोड़ता हुआ विशेषांक—

हवलदार बहादुर और डाकूपड़ा

मनोज कॉमिक्स में

प्रसिद्ध वैज्ञानिक प्रो. मार्गो पी.पी. के अपहरणकर्ताओं से हवलदार बहादुर की जबदरस्त टक्कर

तहलका मचा देने वाला कॉमिक्स विशेषांक

हवलदार बहादुर और
साठ लाख का बकरा

हवलदार बहादुर सीरीज का एक और सनसनीखेज, धमाकेदार और हा... हा... हा... कारी कॉमिक्स विशेषांक

9 789391 460181